RENÉ E. BOSSIÈRE

LE RÈGLEMENT D'AVARIES DU GRAND ABORDAGE

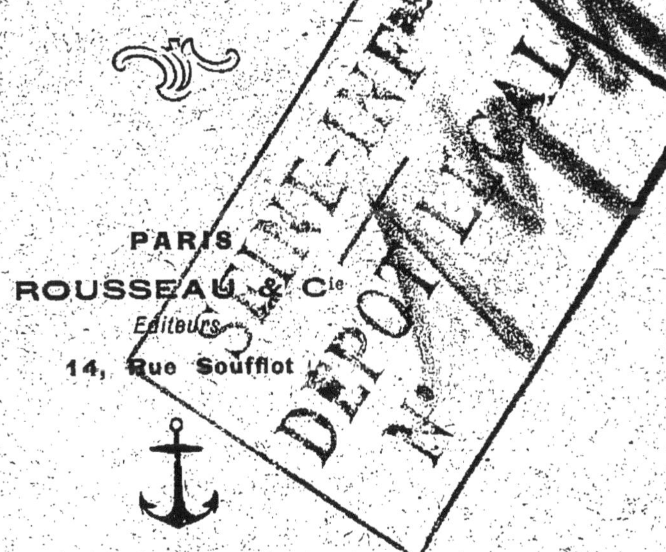

PARIS
ROUSSEAU & Cie
Éditeurs
14, Rue Soufflot

LE HAVRE
Imprimerie du JOURNAL DU HAVRE
11, Quai George-V

1921

DU MÊME AUTEUR

Notice sur les Iles Kerguelen .... Paris, Challamel

Nouvelle Notice sur les Iles Kerguelen »

*Ces deux ouvrages récompensés par l'*Académie des Sciences.

La Prospérité des Ports Français...... Paris, Challamel

*Ouvrage couronné par l'*Académie Française.

Ouvrage couronné par la Société Havraise d'Etudes diverses.

Vers l'apaisement par l'argent.....1914 Paris, Rousseau

Towards Peace through money ....1914 Londres, Simpkin-Marshall
(traduction du précédent)

Essai d'Equilibre Economique & Social Positif..1918 Paris, Rousseau

Le Piano d'Harmonie sociale......1921 Paris, Rousseau
(en préparation)

RENÉ E. BOSSIÈRE

LE RÈGLEMENT D'AVARIES DU GRAND ABORDAGE

PARIS
ROUSSEAU & Cie
Editeurs
14, Rue Soufflot

LE HAVRE
Imprimerie du JOURNAL DU HAVRE
11, Quai George-V

1921

LE RÈGLEMENT D'AVARIES DU GRAND ABORDAGE

Pourquoi n'essayerait-on pas de « régler » les avaries de la Grande Guerre tout simplement comme on règle, en Marine, les dommages entre plusieurs navires, après une attaque de l'ennemi ou un abordage accidentel ?

Voilà la question qui va être ici traitée :

Dommages-Intérêts Réparations ou Avaries ?

Il existe aujourd'hui deux genres de dettes qui mettent largement obstacle à ce que les différentes « Nefs Nationales » reprennent leur marche pacifique vers le progrès et la prospérité :

D'une part : des dettes « pénales », résultant de dommages causés par l'abordage prémédité ;

D'autre part : des dettes « civiles », résultant d'avaries subies, de dépenses et de sacrifices volontaires ou d'emprunts contractés pour la défense ou le sauvetage de ce qui se trouvait en péril,

La question n'est pas ici relative aux dettes pénales (1) qui regardent les Tribunaux et les gendarmes. Elle est de voir comment faire pour que tous les navires, réparés le plus tôt possible, reprennent bien vite la mer, après avoir « réglé » les comptes des avaries passées, au moins mal, sinon au mieux, des intérêts de tout le monde, et cela n'est pas impossible, croyons-nous, si l'on veut bien se diriger sur ce qui se fait tous les jours dans les règlements d'avaries maritimes :

L'Étalon de mesure

La première chose que font les intéressés, quand ils veulent régler les comptes mutuels après une collision de navires, est de choisir une « Unité » de Mesure à laquelle tout puisse se rapporter. Généralement on adopte le Franc, la Livre Sterling, le Mark, la Lire ou le

(1) Dont le principe a été reconnu par l'Allemagne elle-même et par le traité de Versailles et par le vote du Reichstag acceptant, le 11 mai 1921, les conditions de l'accord de Londres.

Dollar... nous parlons d'avant la guerre. L'usage était alors d'adopter la monnaie du pays où le réglement devait être établi.

On pourrait évidemment agir de même pour le règlement des avaries de la guerre, mais plutôt que de choisir une monnaie quelconque, déjà existante, nous croyons qu'en raison des fluctuations incessantes et des spéculations auxquelles ont été soumises les monnaies depuis plusieurs années, on aurait avantage à adopter pour étalon de mesure le « poids » en or de cette monnaie, disons, par exemple le « poids » de 0 gram. 325 d'or aux 9/10mes de fin — ce qui correspond, à peu près, au « poids » normal du franc or d'avant-guerre... « La monnaie est un certain poids de métal précieux » ont dit des économistes éminents, M. Raphaël-Georges Lévy, de l'Académie des Sciences morales et Politiques, entre autres. Le « poids », lui, ne trompe jamais. La Pesanteur est le résultat d'une loi naturelle indépendante des volontés humaines et perpétuelle. Donc, en s'en remettant au « poids » de l'or, on aurait une Unité de compte qui ne porterait préjudice à personne et que tout le monde pourrait accepter sans crainte et sans jalousie.

Le « Classeur » « Commissaire » ou « Dispatcheur » d'avaries

Une fois l'étalon de mesure et le lieu du règlement adoptés par les intéressés et leurs assureurs, ils s'entendent pour choisir un homme intègre, d'une honorabilité et d'une compétence notoires, et ils lui confient la mission d'établir les comptes mutuels. Evidemment il faut s'y connaître, mais c'est par dizaines qu'en cherchant un peu, on trouverait dans les grands ports de l'Europe et de l'Amérique, des personnes susceptibles d'accomplir scrupuleusement et adroitement un tel travail.

« Classement » des Dettes. Dépenses. Préjudices. Avaries... etc.

Supposons — il ne sera donné ici que des chiffres ronds et déclarés d'avance fantaisistes pour éviter toute discussion de détail et n'envisager que le principe de la solution — supposons que le « Classeur-Dispatcheur », se trouve en présence d'un ensemble de factures se montant à un total de : 2.000 milliards d'unités de poids-or.

Admettons que, de ce total :

500 milliards aient déjà été déclarés par les Tribunaux, Traités ou Arbitrages compétents : « Dettes pénales ou Dommages-Intérêts » à porter au compte de ceux qui sont responsables de l'abordage.

1.500 milliards d'unités restent à « classer », et cela c'est l'affaire du « Classeur-Dispatcheur ».

Celui-ci relit son Code — disons le Code de commerce français, si on le veut bien — (qui résume, du reste, parfaitement les dispositions générales et l'esprit des diverses Législations mondiales relatives aux avaries maritimes) et il y voit énoncées les règles suivantes :

Art. 397 : « Toutes dépenses extraordinaires »..... « tout dommage qui arrive au navire et aux marchandises » sont réputés « avaries ».

Donc, en principe, **toute dépense ou dommage de guerre sont des « avaries ».**

Art. 399 : « Les avaries sont de deux classes : **avaries grosses ou communes** et **avaries simples ou particulières** ».

Art. 400 : « Sont avaries communes » les « choses données par composition » et « à titre de rachat », « celles qui sont » « jetées à la mer ».... qui sont « coupées » ou « rompues » ou abandonnées » **« pour le salut commun »** ...... le **« pansement** et **la nourriture des blessés » « en DÉFENDANT** le navire..... le **« loyer** et la **nourriture des matelots pendant l'arrêt** du navire et **pendant les réparations** ».... « les frais d'**allègement** et de **relâche** quand le navire est contraint de le faire par tempête ou **par la poursuite de l'ennemi »...** et les frais de « **remise à flot** » et, en général les « **dommages soufferts volontairement** et les **dépenses faites** pour le **salut COMMUN** ».... « jusqu'au débarquement. »

Toutes ces expressions mériteraient d'être méditées. On voudra bien reconnaître, en elles, les mots mêmes dont se servaient constamment les chefs d'Etat pendant la guerre, surtout le Président Wilson dans tous ses Discours et Messages, pour expliquer le rôle de leur Nation dans l'affreuse mêlée.

Par conséquent, il est hors de doute qu'en principe, **tous les dommages de guerre, les réparations, les pertes et les sacrifices subis ou consentis pour la « défense » commune et « pendant la poursuite de l'ennemi », doivent, honnêtement, être « classés » comme des avaries communes.....** et il ne faut pas oublier, non plus, qu'en matière d'avaries communes, on se montre très large, car si l'on lésinait sur les chiffres et sur les estimations, on ne trouverait plus personne pour se porter au secours des naufragés.

Supposons que le « Classeur-Dispatcheur » — (après avoir pris l'avis de collègues désintéressés s'il a eu quelque hésitation) — ait, — en « dernier ressort », — « classé » le total des comptes d'avaries comme suit :

En Milliards d'Unités Or Poids

1° DETTES PÉNALES

au débit particulier de l'agresseur condamné par les Tribunaux

500 milliards d'unités

2° AVARIES PARTICULIÈRES

A supporter par chacun des intéressés à son compte personnel

par certains des alliés	par certains des agresseurs
180 Milliards	320 Milliards

500 milliards d'unités

3° AVARIES COMMUNES

A porter au compte commun

1.000 milliards d'unités

C'est donc un total de 2.000 milliards d'unités or-poids, supposé « classé », qu'il s'agit maintenant de « régler »... Mais on ne peut payer avant d'avoir les espèces en caisse !.....

Ces dettes qui va les supporter ?

1° Pour les « **dettes pénales** », pas de doute : elles doivent être payées par l'agresseur condamné — les gens d'armes sont là pour le forcer à payer — en tous cas, le « Dispatcheur » n'a aucune hésitation à porter à son débit le total de ce compte ;

2° Pour les « **avaries particulières** », le « Dispatcheur » n'hésite pas non plus ; le Code est explicite : Article 404 : « Les avaries » particulières « sont supportées et payées par le propriétaire de la chose qui a essuyé le dommage ou occasionné la dépense ». C'est net.

3° Pour les « **avaries grosses ou communes** », c'est plus délicat : l'art. 401 dit : « Les avaries « communes » sont supportées par les marchandises et par la moitié du navire et du fret, au « marc le franc » de la valeur ».

L'art. 402 : « Le prix des marchandises est établi par leur valeur « au lieu du déchargement ».

C'est déjà beaucoup de savoir que **les avaries « communes » doivent être supportées par la Communauté « tout entière », et au marc le franc » des valeurs :** donc ce sont **tous** les intéressés qui doivent contribuer aux réparations **au prorata de la valeur sauvée** qui les concerne... mais quelle valeur attribuer à telle ou telle Nation non avariée et à telle Nation aujourd'hui si fort avariée ? « L'esprit » du Code va le dire :

On fait crédit à l'avenir et on attend que les faits aient parlé pour l'estimation des valeurs.

Pourquoi le code français stipule-t-il que le navire et le fret ne doivent pas contribuer pour leur valeur « entière » mais seulement pour « la moitié » de leur valeur ? Pourquoi les marchandises, pour leur valeur « au lieu du déchargement » et non pour leur valeur de « tout de suite » ? Pourquoi celles des législations étrangères qui n'ont pas copié à la lettre le code français, admettent-elles aussi la contribution perçue sur une « valeur » qui, bien loin d'être celle d'avant le sinistre, n'est même pas celle d'après le sinistre, mais celle de la pleine sécurité obtenue après arrivée à bon port ? ..... « on the actual value, at the place of discharge » — « at the termination of the adventure » — « when ship and cargo part company » ..... Pourquoi le livre anglais « *The Law of general average* » (1) qui est, en quelque sorte, le Manuel des « Classeurs d'Avaries », leur enseigne-t-il en ces termes la manière « d'estimer » la valeur des navires : « *On principle, a merchant ship is simply a « machine for earning freight »* — « *the real value of a ship is the present capitalized value of all her future earnings* ». (« En principe, un navire n'est qu'un outil à encaisser du fret » — « sa valeur réelle

(1) De Lowndes.

n'est que **l'escompte, la condensation**, la consolidation préventive des **revenus qu'il rapportera dans l'avenir** ».

Ces mots là impliquent la condamnation formelle de l'impôt sur le capital inerte et actuellement visible, tel que certains l'ont proposé pour éteindre les dettes de la guerre.

La conception du **paiement en prodortion des revenus de l'avenir** est d'ailleurs tout à fait conforme à ce que M. Lloyd George préconisait récemment (février 1921) pour le paiement des réparations dues par l'Allemagne elle même. « L'Allemagne — formulait-il, — doit payer intégralement, mais avec des délais espacés « **suivant l'échelle de sa prospérité future** ».

Bien mieux cette conception est conforme aux intentions de l'Allemagne. Le *Berliner Tageblatt* ne publiait-il pas, le 20 mars 1921, cette déclaration de Von Simons, confirmée dans son adresse officielle au Président Harding : « J'accepte, la formule fixée par le Président du Conseil anglais et approuvée par la Chambre anglaise que l'Allemagne doit payer jusque dans les limites de ses capacités.

» De cette façon seulement nous pouvons arriver à une solution qui ne peut être trouvée qu'en prenant pour base la situation **économique véritable**. »

Le Revenu Mesure de la Prospérité

Quelle est la vraie « mesure de la prospérité », la mesure qui permet d'établir la « situation économique véritable », pour les Nations comme pour les particuliers sinon le revenu dont ils jouissent ? La richesse ne se mesure pas aux dépenses. Elle **se mesure au revenu** et non pas même au revenu tel qu'on croit qu'il sera, mais au revenu tel qu'il a été après la crise, après le sauvetage accompli, net des frais..... « after the termination of the adventure ».

On parle de prélever un tant pour cent sur les exportations futures de l'Allemagne. Très bien, mais ce serait peut-être encore mieux et plus facile de le faire sur son revenu futur (1). La vente n'est pas, en elle-même, une preuve de prospérité. Parfois c'est par misère et pour se procurer à toute force de l'argent qu'on est obligé de vendre ce que l'on possède. Une vente peut n'être qu'une perte. Les Allemands crient déjà — d'avance — qu'on veut les réduire à l'esclavage parce que l'on parle de contrôler leurs bénéfices. Si c'était simplement leur revenu qu'on voulait contrôler, ils n'auraient rien à dire puisque toutes les Nations — même les victorieuses — se soumettraient à un contrôle identique. Que les statistiques soient désormais établies d'une manière uniforme chez toutes les Nations, au lieu d'être comme aujourd'hui laissées au bon plaisir de leurs gouvernants, ce serait probablement un bien pour les contribuables eux-mêmes, de toutes les nations.

Donc, il semble que l'on pourrait, sans difficulté, décider que toutes les

---

(1) Dans un article publié par le journal allemand *Die Bank* (avril 1921), M. Alfred Landsburg estime que l'acceptation par l'Allemagne des conditions de l'Entente, « se traduirait, pour elle, en un prélèvement de 7 à 9 °/₀ **de ses revenus** ».

Donc c'est bien, en fin de compte, au dire des Allemands eux-mêmes, **au revenu** qu'il faut en appeler comme mesure traduisant la situation économique, les capacités et la prospérité.

dettes provenant de la guerre seront intégralement « réglées » au moyen d'un pourcentage à prélever sur les revenus réels de l'avenir, « au marc le franc » des « future earnings », au prorata du revenu futur de chacun des intéressés.

Délai d'extinction des dettes

Il y aurait deux moyens d'éteindre les dettes, peu à peu, au moyen de cette recette :

1° Soit en fixant d'avance les pourcentages des prélèvements sur les revenus (chaque compte étant uniformément débité du même petit pourcentage correspondant à la « classe » d'avaries qui le concerne) :

Tant pour cent pour les dettes pénales ;
Tant pour cent pour les dettes particulières ;
Tant pour cent pour les dettes communes,

en s'arrangeant de manière à ce que le total ne soit pas trop lourd à supporter et n'entrave pas la marche vers la prospérité.

2° Soit en fixant d'avance, au contraire, le pourcentage et la durée de l'amortissement, par exemple, **en prélevant chaque année sur les revenus une somme variable suffisante pour amortir 2 0/0 du total**

des dettes ; ce qui reviendrait à dire **qu'en 50 ans toutes les dettes seraient totalement éteintes.**

Ces deux méthodes sont également pratiques ; cependant puisque c'est la seconde à laquelle s'est arrêtée la dernière Conférence de Paris (en fixant 42 ans à l'Allemagne pour le remboursement total des réparations qu'elle doit), il semble qu'on pourrait l'adopter aussi à l'égard de toutes les parties et puisqu'on ne peut décemment refuser aux victimes de l'Allemagne un délai de payement pour le moins égal à celui qu'on lui accorde, on pourrait dire :

« Le total des dettes de la guerre sera amorti à raison de 2 0/0 par an, soit complètement éteint d'ici 50 ans. »

Mais les intérêts ?

Remarquons d'abord que 2 0/0 par an représentent à peine le tiers de ce que coûtent actuellement les intérêts payés chaque année pour « l'entretien » de la dette — sans l'amortir — d'où une énorme économie si on l'amortit sans payer d'intérêts.

Ce n'est pas une raison absolue, parce que l'on a une dette, pour que l'on doive des intérêts. Une dépense, par elle même, ne rapporte pas d'intérêts. Si les dettes devaient forcément rapporter des intérêts, comment se ferait-il qu'on ait exonéré l'Allemagne du paiement d'intérêts sur ses obligations. On l'a fait parce qu'on ne pouvait pas faire autrement. Lui imposer le paiement d'intérêts au taux habituel, sur son énorme dette, c'était la mettre en faillite et la ruiner.

Veut-on ruiner les victimes quand on a épargné le coupable ? Les Alliés se verraient infliger un traitement qu'on a jugé trop dur pour leur bourreau ? La France notamment, anémiée, exsangue, la France a perdu 1,700,000 jeunes hommes sur les champs de bataille — le plus riche de sa sève — la France a une dette telle que, dernièrement, à la Tribune, son premier Ministre disait qu'il allait lui falloir demander à sa population (moitié moindre que celle de l'Allemagne), un versement annuel de 10 à 12 milliards... rien que pour « alimenter » sa dette !... la France obligée à emprunter, à emprunter encore... va-t-on la laisser submerger sous le flot sans cesse grandissant des intérêts composés ? A l'aide ! Au secours ! Arrêtez la voie d'eau !

En matière d'avaries maritimes, que la dette soit classée en avaries communes, c'est-à-dire à payer par tous les

intéressés au prorata du sauvetage, ou qu'elle soit classée en avaries particulières, c'est-à-dire à payer personnellement par l'un des intéressés, le principe le plus élémentaire est le même : « arrêter les frais », « empêcher l'avarie et le dommage de se propager »..... De grâce qu'on fasse de même et qu'on arrête l'accumulation des intérêts les uns sur les autres !

Ce n'est pas impossible à faire le plus honnêtement du monde.

Le Règlement d'Avaries honnête et loyal

Il est à supposer que le « Classeur-Dispatcheur », choisi, connaîtra son métier.

Comment s'y prend-on lorsque, dans une affaire embrouillée, dans une exploitation momentanément gênée, on ne veut pas qu'il y ait faillite, pas même abandon d'actif ; on veut, au contraire, donner au débiteur des facilités et des ressources nouvelles pour qu'il puisse amortir plus facilement son passif et revenir à flot ? On lui demande de prendre des engagements d'avenir. Il souscrit des « Billets » que pourront « mobiliser » ses créanciers, des « Billets » à échéance échelonnée en proportion de ses recettes futures et de sa situation économique véritable, « *on his future earnings* », des « Billets » qu'il demande à des personnes solvables de bien vouloir signer avec lui, endosser et avaliser de manière que, vis-à-vis des Banquiers, cette « valeur » soit immédiatement négociable et puisse lui servir à lui-même à continuer son commerce et à refaire sa fortune.

Eh bien, ne peut-on pas faire de même ? Est-il réellement impraticable de créer de suite, pour liquider les dettes de guerre et la situation embarrassée du moment, un « Billet International », une monnaie mondiale à laquelle toutes les Nations intéressées « prêteront » leur garantie..... que dis-je « prêteront », elles ne feront que leur « devoir » puisque toutes sont plus ou moins « débitrices » et que la plupart de leurs avaries et de leurs dettes sont « communes ». Le cas est ici pour le liquidateur bien moins difficile que dans une affaire commerciale, puisqu'il y a plus qu'entente cordiale et concordat contractuel, ici il y a parallélisme complet entre les intérêts et les affinités. Voilà la solidarité, belle, et saine cette fois, bien meilleure que celle d'un prêt d'argent dont les intérêts aggravent le mal au lieu de le soulager.

Et on pourrait aller plus loin ! On pourrait porter le nombre de ces « Billets de Monnaie Internationale » solidairement garantis par l'unanimité des Nations intéressées, jusqu'à un chiffre suffisant pour éteindre du même coup toutes les dettes de la guerre, non seulement les dettes « pénales » et les dettes « communes » mais les dettes « particulières » des vainqueurs — et même, peut-être, si l'Allemagne a une attitude correcte, celles du vaincu — en les calculant au change — au poids de l'or — qu'elles avaient au moment où elles ont été contractées, (sauf à les amortir, comme nous l'avons dit précédemment, au moyen d'un prélèvement annuel sur le revenu vrai de chaque débiteur suivant la classe de ses responsabilités).

Ainsi les 2,000 milliards — supposés dûs — seraient « réglés » du jour au lendemain, au moyen de Billets Internationaux, et tous les créanciers, sans aucune exception, se verraient complètement « réglés ».

Quelle « Valeur » aura ce Billet ?

Ce billet aura une valeur plus grande que n'a jamais eu aucun Billet de Banque ou Billet d'Etat ; une « valeur véritable et certaine », car il sera garanti « solidairement » par toutes les « Nations », ancré sur elles et non pas sur la versatilité d'un Gouvernement quelconque. Il sera remboursé en Or **au poids**, par conséquent sans fluctuation de change. Ce remboursement aura lieu à **échéance fixe** (promesse que n'a jamais réalisée jusqu'ici aucune Banque). Au lieu d'être supposé garanti par un stock de métal infime et inerte dans les caves d'une Banque, il sera assuré par ce qu'il y a de plus sûr et vivant au Monde, le Revenu naturel du Monde entier — revenu solidairement engagé et cent fois suffisant pour éteindre une semblable dette, si fantastique qu'elle soit à première vue.

Sa valeur sera certaine et sanctionnée

Si l'un des co-contractants manque de parole à la solidarité promise, les autres, sur lesquels retombera momentanément la part de responsabilité vacante, sauront bien contraindre le délinquant à s'exécuter en majorant, à son préjudice, les droits de douane, les tarifs postaux et télégraphiques, en le mettant en quarantaine économique, en refusant de lui rembourser les billets en sa possession, échus cette année là, par le tirage au sort, et en usant d'autres moyens coercitifs s'il le faut...

Mais la meilleure raison pour laquelle toutes les Nations tiendront leurs engagements, sera encore « l'intérêt » dans le double sens du mot. Toutes les Nations auront intérêt à ce que le billet international conserve à leur égard sa « valeur » pleine pour les transactions de chaque jour. Et, de plus, elles auront trop gagné à ce que leur dette soit amortie de cette façon, pour y renoncer... un « amortissement » — réfléchissons-y — qui ne leur coûtera que **2** 0/0 par an, alors que, pour les mêmes douze mois, les intérêts pour le simple entretien de leur dette, leur en coûtait au moins 6 ! Rien que la crainte de voir les autres Nations recommencer à exiger des récalcitrants, le paiement d'intérêts pour leur part de dette, serait un motif suffisant pour assurer la bonne et loyale exécution, par eux, du Concordat.

Mais les Porteurs de Titres de Rentes sur l'Etat ?

Le principe général du réglement d'avaries « communes » étant ainsi posé, essayons d'entrer dans les détails :

Les porteurs de Titres de rentes n'auront pas plus que les autres créanciers, à se plaindre d'être remboursés avec le Billet International. Ils seront en effet entièrement remboursés de ce qu'ils ont prêté. Ce ne sera ni une suspension ou négation de la dette — vol à la méthode du Bolchevisme Russe —, ni une fiction de remboursement en assignats de papier. Ce sera un remboursement honnête et intégral immédiat. Les prêteurs recevront même davantage qu'ils n'ont prêté. En effet, lors des emprunts nationaux, ils ont remis aux guichets des Billets de papier sur lesquels était écrite — quand elle était écrite — la vague promesse de remboursement en francs, en marks, en livres sterling, etc... sans date, sans échéance.... On leur rend au même guichet, des Billets de papier, mais avec la certitude d'être remboursés à échéance fixe, par un poids d'or strictement égal à ce que valait leur Billet au moment du prêt — certitude basée non plus sur le paraphe illisible d'un Caissier d'une seule Banque, mais sur l'engagement solidaire de toutes les Nations, et sur le gage du Revenu du Monde entier ? Il faudrait être bien difficile pour se plaindre.....

Il n'y a qu'un cas où l'honnêteté absolue d'un tel remboursement puisse être douteuse, c'est lorsqu'un gouvernement, pressé par un danger imminent, a fait des promesses de rembourser plus qu'on ne lui a prêté et de ne pas le rembourser avant un certain nombre d'années. Le gouvernement qui, a pris de tels engagements, pourrait offrir aux porteurs le choix : ou d'être remboursés comme les autres, de suite, avec le billet international au taux, en or, que valait leur prêt — ou bien, s'ils s'obstinent à croire qu'il n'y a que dans les caisses de l'Etat que puissent fructifier les capitaux, de continuer à recevoir de l'Etat les intérêts pendant le nombre d'années stipulé, mais alors, ils perdraient à tout jamais l'espoir d'être remboursés en monnaie internationale et courraient les risques des dépréciations subies trop souvent par certains fonds et certaines monnaies d'Etat. Et, dans ce cas de refus par les porteurs de titres d'être remboursés en monnaie internationale, le gouvernement en cause aurait la faculté d'employer les billets internationaux non utilisés par ses créanciers entêtés, à des œuvres d'intérêt général, à commencer par le remboursement de vieilles dettes particulières qui obèrent certains Etats depuis des siècles.

Mais les Nations Neutres ?

Les Neutres ont tout intérêt à ce qu'une liquidation amiable de la très périlleuse situation économique du Monde, se fasse vite.

Intérêt matériel d'abord :

Puisque c'étaient, avant la guerre, les belligérants qui, par leurs gros achats de matières premières : laines, grains, cafés, cuirs, etc, aidaient le plus à vivre et à prospérer beaucoup de pays neutres du Nouveau Monde souffrant comme les autres aujourd'hui du marasme général des affaires, — et, puisque, si une monnaie internationale se créait, ce serait précisément vers ces pays neufs qu'elle affluerait. Sous la forme d'innombrables exploitations ou entreprises agricoles et industrielles nouvelles, les nouveaux capitaux, avides de revenu, viendraient y chercher une fructification qu'ils sont à même de leur assurer beaucoup plus large que la vieille Europe. Les Neutres auraient donc intérêt matériel à se solidariser avec les Belligérants pour garantir proportionnellement au revenu dont ils auront effectivement joui, la consolidation du Billet international.

Intérêt moral ensuite :

Qui donc définissait ainsi le « devoir » des neutres à l'égard des ruines de la guerre ? « Il s'agit d'une tâche de » reconstruction commune à toute l'Hu- » manité Civilisée. Même ceux qui fu- » rent les spectateurs de la guerre, » doivent y collaborer. La réparation » n'est pas seulement une œuvre éco- » nomique, mais aussi une œuvre in- » tellectuelle, qui doit se pénétrer d'une » conception nouvelle des rapports entre » les peuples ». « Chaque peuple riche » devrait considérer comme son devoir » de donner une partie de sa richesse » pour le rétablissement du monde ». Celui qui a prononcé ces paroles mémorables, n'est autre que le premier Ministre du Reich Allemand dans son discours officiel du 24 février 1921 au Conseil Economique d'Empire et dans son discours du 26 avril 1921 au Reichstag... et, en faveur de quelles « réparations » Von Simons faisait-il cette proclamation ? Rien moins qu'en faveur des ruines voulues et des dévastations systématiquement organisées par l'agression préméditée ! Combien cet appel à la solidarité morale des neutres aurait-il plus de force s'il venait des victimes et ne s'appliquait qu'à l'excédent des sinistres non réparés par le coupable !

Il y a donc toute raison de se persuader que, d'eux-mêmes, les neutres accepteraient de verser annuellement —, dans l'extinction des « avaries communes — leur quote-part du rachat rédempteur.

Cependant, si certains hésitaient encore, on pourrait essayer de les convaincre par une offre alléchante :

La plupart des pays neutres avaient, avant la guerre, des dettes « particulières » dont il leur semblait parfois très dur de payer annuellement les intérêts. Ne pourrait-on pas leur offrir de se libérer immédiatement de leur lourd passif de la même façon que les belligérants ? N'auraient-ils pas grand avantage, les neutres, au lieu de continuer à supporter le pesant fardeau de 5 et 6 0/0 par an, pour alimenter leur dette, à les rembourser intégralement d'un seul coup au moyen de la monnaie internationale, à laquelle ils participeraient, sauf à en assurer l'amortissement comme les autres à raison de 2 0/0 seulement, au marc-le-franc de leur revenu réel de l'avenir ? Il semble que ce serait tout avantage pour eux, d'autant plus que, encore une fois, c'est chez les neutres surtout que le nouveau capital cherchera à se placer, à se faire fructifier.

Refuseraient-ils, malgré tout, les uns ou les autres, que cela n'aurait pas plus d'influence sur la solution, que le refus d'un ou plusieurs assureurs d'intervenir sous prétexte d'une lacune dans les clauses écrites, n'empêche la réparation du navire et le règlement des avaries.

Conclusion

Qu'on imite pour le règlement d'avaries du grand abordage ce qui se fait journellement pour les réglements d'avaries maritimes.

Qu'on adopte, sans plus tarder, une monnaie commune, avec laquelle on éteigne — honnêtement, intégralement et tout de suite — les Réparations et les Dettes de la Guerre — voire même toutes les Dettes Nationales.

Et, pour donner a cette monnaie, une valeur certaine en lui « assurant » cours indiscutable chez toutes les Nations du Monde, que « toutes » les Nations intéressées s'engagent « solidairement » à amortir les billets, en or ou en devises équivalant de l'or, dans un délai fixé d'avance ; — les débiteurs « contribuant », comme en marine, à l'amortissement du montant des dommages et des réparations chacun suivant la catégorie de dette où l'a classé sa situation, et au « marc le franc » des valeurs « sauvées », c'est-à-dire, dans l'espèce, en proportion du revenu annuel dont chacun des intéressés aura réellement et effectivement joui dans les années qui vont venir.

Il semble qu'il suffirait d'avoir ainsi pris comme modèle un procédé qui, dans la pratique de tous les jours, réussit a « régler » les avaries maritimes les plus compliquées, pour sortir la Société civilisée de l'effroyable situation où elle est aujourd'hui en perdition..... et ce serait un résultat fort appréciable.

Cependant, nous demandons la permission d'ajouter, à cette conclusion relative au seul péril du moment, un mot concernant la sécurité de l'avenir.

Pour que des navires, une fois réparés, puissent recommencer à naviguer, il leur faut une **boussole, un « compas-étalon »**.

Il a été dit, au début, que, comme **étalon de comparaison** des divers comptes entre nations, il serait peut-être avantageux de remplacer l'étalon actuellement en usage, d'une monnaie — **or ou argent au poids** — (poids variable, arbitraire, différent pour chaque nation et chez chacune d'elles, changeant « follement » parfois de valeur, d'un jour à l'autre, suivant le vent de l'opinion des hommes) — par l'étalon du **POIDS SPECIFIQUE, NATUREL, immuable, inchangeant, DU MÉTAL en lui-même.**

Eh bien, est-ce que, à elle seule, cette imperceptible modification de « calculer », désormais,

les « *situations économiques véritables* »,
comme dit Von Simons,
les « *escales de prospérité* »,
comme dit Lloyd George,
les « *changes et les fluctuations économiques* »,
comme disent les Economistes,

par rapport au **Poids** d'un métal, ne produirait pas de grands effets ?

Est-ce que « comparer » la position vraie de toutes les Unités sociales, — individuelles et nationales — flottant à la surface du globe : **par rapport à la Pesanteur d'un métal...** véritable boussole, nous disons bien :

par rapport à :

LA PESANTEUR — VÉRITABLE BOUSSOLE

mûe

(en dehors de toute influence ou opinion humaine).

par

LA FORCE NATURELLE SEULE

ne rendrait pas à la Marche de l'Humanité civilisee vers le Progrès, identiquement les mêmes services et ne lui procurerait pas identiquement la même sécurité que, en Marine, la Boussole ?

La monnaie métallique pourrait, avec sa valeur basée sur son poids, remplir, dans la marche économique de la Civilisation, à peu près la même fonction de comparaison qu'en marine le « compas » ou « boussole ».

Trouve-t-on déplacée, hors de propos, trop abstraite ou fausse cette dernière considération — sur laquelle nous nous bornons, aujourd'hui, à solliciter la méditation du lecteur ? Qu'on l'écarte sans l'examiner, ou qu'on la rejette.....

Veut on limiter le problème actuel au « seul » « Règlement des Avaries de la Guerre », sans chercher plus loin ?

Alors nous n'hésitons pas à proposer la solution déjà formulée ; celle-ci, très nette, que nous voudrions pouvoir rendre encore plus claire :

Copiez exactement, point pour point, mot à mot, les **Règlements d'Avaries** — tels qu'ils se font en Marine, après un abordage, c'est-à-dire :

1° Appuyez-vous sur le principe gégéral, admis par toutes les Législations, que : « Toutes les choses données par composition et à titre de rachat, ou jetées ou abandonnées pour le salut commun, le pansement et la nourriture des blessés en « **défendant** » les personnes et les choses, et pendant les réparations, les frais de remise en état en général, les dommages soufferts volontairement pendant la poursuite de l'ennemi et les dépenses faites pour « le salut commun » jusqu'à l'achèvement des réparations **sont des Avaries COMMUNES** qui doivent être supportées par une « Contribution » générale de la Communauté ;

2° Forts de ce principe, confirmé par les expressions dont se sont servis maintes fois les Chefs d'Etats pendant et depuis la guerre, faites admettre et promettre par la Communauté des Nations que, désormais, toutes les dépenses d'une guerre **défensive** (au delà des dommages-intérêts payés par l'agresseur coupable) seront payées, comme en Marine, par la Communauté.

Pourquoi un tel principe serait-il impossible à faire accepter pour la guerre actuelle ? Parce qu'il faudrait le consentement des intéressés et qu'on ne l'obtiendra pas? On ne l'obtiendra pas!

Mais c'est Von Simons lui-même qui a établi que le principe est vrai. D'après le ministre allemand : « *La réparation » des dommages de la guerre est une »* **tâche commune à toute l'Humanité** *civilisée... une tâche à laquelle » ceux qui ne furent que spectateurs » doivent contribuer... une œuvre à » laquelle chaque peuple riche devrait » considérer comme un* **devoir** *de »* **contribuer** *pour une part de sa » richesse...* »

Autant cette thèse a quelque chose de révoltant quand elle est invoquée par les coupables de la guerre sous-marine et par ceux-là qui ont prémédité, organisé, systématisé les dévastations et les avaries, autant le principe est indiscutable quand ce sont les victimes qui appellent au secours !

Leur cri sera sûrement entendu de tous les honnêtes gens et de toutes les Nations, à commencer par la Grande-Bretagne et l'Amérique.

N'est-ce pas le premier ministre de la Nation qui a perdu le *Lusitania* qui, dans son discours du 5 mai 1921 à la Chambre des Communes, a solennellement énoncé le principe des avaries « communes » en ces termes :

« *Nous avons le droit d'exiger que* » *la Nation qui a causé toute cette dé-* » *vastation paie jusqu'à la dernière* » *limite de ses facultés pour la ré-* » *parer.*

» **Cependant, une fois celà fait,** » *je persiste à dire qu'***il est de l'in-** » **térêt** *non seulement de la France et* » *de la Grande-Bretagne, mais du* » **monde entier** *d'avoir la paix, une* » *paix durable.* »

Et le Président Harding, dans son premier discours comme Président, prononcé à l'inauguration de la statue de Bolivar, à New-York, n'a-t-il pas déclaré, devant M. Viviani, représentant la France (avril 1921) : « *Le* » *monde a besoin d'être reconstitué. Il* » *ne suffit plus à l'Amérique de se tenir* » *à l'écart. Notre responsabilité s'est* » *accrue. C'est notre DEVOIR de « CON-* » *TRIBUER à rétablir le monde dans* » *son état normal.....* »

Les mots « contribuer », « devoir », y sont ;

3° Une fois ce « compromis » solidaire signé, comme cela se fait en matière d'avaries maritimes, une fois la « certitude » dûment acquise, que « tout » ce qui, des réparations et dommages de la guerre « défensive », n'aura pas été payé par l'Allemagne sera effectivement payé, comme dans un règlement d'avaries grosses ou communes, au moyen d'une **contribution** mutuelle de tous ceux qui ont intérêt à ce que « le monde soit rétabli dans son état normal », un pas immense sera fait ! Car il semble que, dès lors, les victimes de la guerre, garanties d'être payées de leurs pertes ruineuses pourraient accepter un « règlement analogue à ce qui se fait en Marine », et laisser :

CLASSER par des arbitres intègres et désintéressés..... (peut-être par le Président Harding lui-même) les **dommages** de la guerre, suivant catégories en distinguant les « dommages-intérêts » des **« avaries »** proprement dites, celles-ci se subdivisant, comme en Marine, en **avaries** « **grosses ou communes** », **avaries** « **particulières** ».

RÉGLER enfin : **tous les dommages, au moyen d'une monnaie unique, par une contribution proportionnelle des intéressés,** c'est-à-dire au « marc le franc » des responsabilités et au prorata des « valeurs » (ayant échappé au sinistre), par rapport à la « valeur » de la monnaie qui aura été prise comme type de comparaison générale.

C'est pratique, c'est suffisant, c'est facile..... Oui, c'est facile ! mais à une condition formelle !... N'oubliez jamais qu'en Marine, un règlement d'avaries un navire, une boussole, une ancre, un feu, un point, même une simple bouée de sauvetage qui flotte, etc., n'ont aucune « valeur » et ne servent absolument à rien, s'ils ne s'appuient sur quelque chose de solide... (de « relativement» solide, bien entendu, puisqu'il n'y a rien que de « relatif » en ce monde)... à la condition de ne pas oublier que la monnaie qui va servir de « pivot » à votre réglement doit, forcément, s'appuyer, d'une manière ou d'une autre mais d'une façon « réelle », sur

LA FIXITÉ NATURELLE.

www.ingramcontent.com/pod-product-compliance
Ingram Content Group UK Ltd.
Pitfield, Milton Keynes, MK11 3LW, UK
UKHW020512180726
13839UKWH00005B/2042